तिरछे आईने

आयुष कुमार सिंह

तिरछे आईने

घोषणा-पत्र

यह पुस्तक एक काल्पनिक रचना है। इसमें वर्णित सभी पात्र, स्थान, घटनाएं, और संवाद लेखक की कल्पना का परिणाम हैं। यदि किसी जीवित या मृत व्यक्ति, समुदाय, संस्था, या स्थान से कोई समानता प्रतीत होती है, तो वह केवल एक संयोग मात्र है। लेखक का उद्‌देश्य किसी की भावना को आहत करना नहीं है।

आयुष कुमार सिंह

01/07/2025

नई दिल्ली

भूमिका

“हर आइना सीधा नहीं होता,

कुछ आइने तिरछे होते हैं।

और उन्हीं में अक्सर वो सच्चाई दिखती है,

जो दुनिया नहीं देखना चाहती।”

इस उपन्यास को लिखते समय न मैं किसी ‘वर्ग’ का समर्थन कर रहा था, न किसी ‘सोच’ का विरोध।

मैं बस एक लेखक था – जो देख रहा था, सुन रहा था, और जो कुछ महसूस कर रहा था, उसे लिख रहा था।

आज का युवा जिस दौर से गुजर रहा है, वहाँ सबसे बड़ी समस्या यह है कि उसके सवालों के जवाब कोई नहीं देना चाहता।

उसे बताया जाता है कि कौन-सा रिश्ता ‘सही’ है, किसे ‘प्यार’ कहा जाएगा, किसे ‘पाप’।

लेकिन किसी ने यह नहीं पूछा कि "उसके भीतर क्या चल रहा है?"

यह कहानी उन रिश्तों की है जो दुनिया की नज़रों में तिरछे हैं, लेकिन उनके भीतर सीधी संवेदनाएँ, सच्ची पीड़ाएँ, और कच्चे सपने पलते हैं।

यह उपन्यास सिर्फ एक लड़के की कहानी नहीं है, बल्कि उन हज़ारों चेहरों की कहानी है। जो शायद हमारे ही आस-पास रहते हैं, पर जिनका सच हम देखना नहीं चाहते।

"क्या लड़के को लड़के से प्रेम हो सकता है?"

"क्या एक लड़की की चाहत सिर्फ एक लड़के तक सीमित होनी चाहिए?"

"क्या रिश्तों की इज़्ज़त सिर्फ तब तक है जब वो समाज की सीमा में बँधे हों?"

ऐसे ही सवाल इस किताब में हैं । जवाब देने का मैं दावा नहीं करता।

मैं तो बस एक आईना पेश कर रहा हूँ – तिरछा सही, लेकिन झूठा नहीं।

मैं जानता हूँ, कुछ लोगों को यह विषय 'अनुचित' लगेगा,

शायद कुछ इसे 'अश्लील' या 'प्रचार' कहें,

लेकिन सच कहूँ तो जब तक समाज कुछ कहता नहीं, लेखक को कुछ कहना पड़ता है।

मैंने किसी को ठेस पहुँचाने के लिए नहीं लिखा बल्कि यह दिखाने के लिए लिखा है कि जिसे तुम गुनाह कहते हो, शायद वो किसी के लिए राहत हो।

अगर मेरी यह कोशिश

किसी एक किशोर को उसकी पहचान स्वीकारने का हौसला दे सके,

तिरछे आईने

किसी एक माँ-बाप को सोचने पर मजबूर कर सके,

या किसी एक दोस्त को समझदार बना सके

तो यह उपन्यास सफल होगा।

यह रचना कोई हल नहीं है, यह एक दरवाज़ा है।

दरवाज़ा खोलने की हिम्मत तुम्हारी है।

– आयुष कुमार सिंह

तिरछे आईने

कथासार

यह केवल एक प्रेम कथा नहीं है।

यह उन आवाज़ों की कहानी है जिन्हें अक्सर दबा दिया जाता है।

यह उन रिश्तों की व्यथा है जिन्हें समाज तिरछा मानकर नकार देता है।

'तिरछे आईने' एक ऐसे किशोर की यात्रा है जो अपने भीतर उठते सवालों से लड़ रहा है।

जो खुद को समझना चाहता है,

जो अपने जैसे किसी को ढूंढता है,

और जो यह जानना चाहता है कि क्या उसका प्रेम भी उतना ही पवित्र है जितना किसी और का।

यह उपन्यास उन भावनाओं की बात करता है जिन पर अक्सर पर्दा डाल दिया जाता है। घर की चुप्पी, समाज की नज़रें, रिश्तों की जटिलताएं,

और एक ऐसा प्रेम जिसे 'स्वीकार' करने के लिए पहले 'संघर्ष' करना पड़ता है।

कभी यह कथा एक सादा मन के प्रेम की तरह लगती है,

कभी यह एक टूटी आत्मा की चीख़ बन जाती है।

और अंत में यह आपको आपके ही भीतर झाँकने पर मजबूर कर देती है।

यह उपन्यास किसी को अपराधी नहीं ठहराता।

यह बस एक आईना रखता है तिरछा सही, पर झूठा नहीं।

लेखक: आयुष कुमार सिंह

1: नया पड़ोसी

रविवार की सुबह थी। सूरज की किरणें खिड़की की हल्की-सी दरार से होकर कमरे की दीवार पर रेंग रही थीं मानो अंधेरे को धीरे-धीरे सहला रही हों।

कमरे के कोने में, चारपाई पर अर्जुन औंधे मुँह सोया पड़ा था, उसकी साँसें गहरी थीं, और सपनों का कोई अधूरा टुकड़ा शायद अब भी उसके भीतर चल रहा था।

“अर्जुन उठ जा बेटा!”

उसकी माँ की आवाज़ ने सपनों का पर्दा हल्के से चीर दिया।

“आज तो संडे है कम से कम नहा तो ले, तू तो पूरा हफ्ता मिट्टी में सना रहता है।”

अर्जुन ने करवट बदली, आँखें मिचमिचाईं,

और अनमने ढंग से उठकर बिस्तर से नीचे उतर गया।

उसके बाल उलझे हुए थे, आँखें अब भी बोझिल थीं। पर संडे की सुबह का आलस कुछ खास किस्म का होता है। जिसे शब्दों में नहीं, केवल खामोशी में महसूस किया जा सकता है।

वो बाथरूम से मुँह धोकर सीधे बालकनी की ओर बढ़ा।बालकनी में सुबह की हवा ठंडी थी, पर उसमें अजीब-सी सरसराहट भी थी जैसे कोई बदलाव आ रहा हो वो रेलिंग पर कोहनी टिकाकर खड़ा ही हुआ था, कि उसकी नज़र नीचे गली में दाखिल हो रहे एक अजनबी लड़के पर जा अटकी।

वो लड़का शायद अर्जुन से कुछ साल बड़ा होगा –गोरा-सा रंग, हल्की दाढ़ी, एक काली टीशर्ट और पीठ पर एक बड़ा सा बैग।

उसके साथ दो बड़े सूटकेस थे, जो एक रिक्शेवाले से उतरवाए जा रहे थे।

अर्जुन की नज़रें अनजाने में ही उस पर टिकी रहीं।

लड़का बिना किसी हड़बड़ी के, धीरे-धीरे, जैसे किसी परिचित जगह पर लौट रहा हो उसके घर की सीढ़ियाँ चढ़ गया।

"अरे सुनो अर्जुन!"

पीछे से माँ की आवाज़ आई,

“नीचे जो आया है ना, वो नया किरायेदार है।

उसी के लिए ये सामने वाला कमरा खाली करवाया था न पिछले हफ्ते। अब से वो हमारे ही बगल में रहेगा।”

अर्जुन ने एक बार फिर नीचे झाँका अब वो लड़का दरवाज़े के सामने खड़ा था, और किसी से फोन पर मुस्कुरा कर बात कर रहा था।

उसकी मुस्कान में कुछ था जैसे कोई बीता हुआ सपना फिर से लौट आया हो।

अर्जुन को एहसास भी नहीं हुआ कि वह कितनी देर तक यूँ ही बालकनी में खड़ा रहा।

माँ ने दरवाज़ा खोला और मुस्कराकर कहा, “इधर आइए बेटा, कमरा ऊपर वाली मंज़िल पर है।”

अर्जुन धीमे क़दमों से भीतर लौटा, पर उसका मन बालकनी पर ही अटका रह गया।

वह युवक भीतर आया। कमरा साधारण था। एक पुराना पंखा,

दीवार से सटी अलमारी, और खिड़की से आती धूप की रेखा।

माँ ने झुककर बिस्तर की चादर ठीक करते हुए कहा,

“बोलिए बेटा, नाम क्या बताया आपने?”

वह लड़का हल्के से मुस्कुराया, “विवेक शर्मा।”

उसकी आवाज़ में थकावट भी थी और अपनापन भी।

“कहाँ से आ रहे हो, विवेक बेटा?”

“कुशीनगर से,” उसने कहा, “सरकारी नौकरी लगी है – कलेक्टर ऑफिस में। कल से काम शुरू है, इसलिए आज शिफ्ट हुआ हूँ।”

अर्जुन दरवाज़े के पास खड़ा सब सुन रहा था ‘विवेक शर्मा’, सरकारी नौकरी, अकेले आया है, और अब यहीं बगल में रहेगा। उसके मन में एक अलग सा उत्साह जागा।

माँ अलमारी की दराजें खोल रही थीं।

“यहाँ अपना ज़रूरी सामान रख लो,” उन्होंने कहा।

विवेक ने धन्यवाद कहकर सूटकेस खोला कुछ कपड़े, एक छोटी-सी लाल डायरी, टूथब्रश, और एक पुरानी किताब जिसका कवर फटा हुआ था, मगर बहुत सँभालकर रखा गया था।

अर्जुन की नज़र उस किताब पर अटक गई उसने पढ़ने की कोशिश की, मगर किताब उल्टी रखी थी। सिर्फ एक शब्द दिखा – "अधूरा प्रेम"

माँ ने मुड़कर कहा, “रात का खाना नीचे मिल जाएगा, पहली मंज़िल पर हमारा घर है। कोई ज़रूरत हो तो बताना। अर्जुन भी है, मेरा बेटा यही पास में रहता है।”

विवेक ने धीरे से अर्जुन की ओर देखा, और हल्की झिझक के साथ हाथ बढ़ाया, “हाय मैं विवेक।”

अर्जुन ने भी हाथ बढ़ाया, “मैं अर्जुन।”

दोनों की निगाहें एक पल को टिकीं और जैसे किसी पुराने गीत की अनकही धुन दोनों के भीतर बजने लगी।

रात की रसोई से मसालों की खुशबू पूरे घर में फैल रही थी।

डाइनिंग टेबल पर सब धीरे-धीरे जमा हो रहे थे अर्जुन, उसके पापा, माँ, और नये किरायेदार विवेक।

माँ जिनका नाम नीलम देवी था ने गरम फुल्कों की टोकरी मेज़ पर रखी और मुस्कराकर कहा, “अर्जुन, दही वाला कटोरा ज़रा निकाल ला बेटा।”

“हाँ मम्मी,” कहकर अर्जुन उठ गया।

अर्जुन के पिता राजेन्द्र सिंह ने पानी का गिलास थामते हुए मुस्कराकर पूछा,   “तो बेटा विवेक, कैसे लग रहा है भोपाल में? अकेले रहना, खुद खाना बनाना आसान नहीं होता होगा।”

विवेक हल्की मुस्कान के साथ बोला, “थोड़ा डर तो लग रहा था, पर यहाँ सब अपने जैसे लगते हैं। अंकल, आपका और आंटी का व्यवहार देखकर बहुत अच्छा लगा।”

“कहाँ से हो?” राजेन्द्र सिंह ने फिर पूछा।

“कुशीनगर से हूँ, सर। मेरे पिता श्री रामसेवक शर्मा किसान हैं, और माँ का नाम सरोज शर्मा है। उन्हीं की प्रेरणा से पढ़ाई की और सरकारी नौकरी ली।”

नीलम देवी ने श्रद्धा से सिर हिलाया, “अच्छे माँ-बाप का आशीर्वाद हो तो बेटा कुछ भी कर सकता है।”

राजेन्द्र सिंह बोले, “और नौकरी? कैसे मिली?”

“एस.एस.सी-सी.एच.एस.एल का एग्ज़ाम दिया था। पहली कोशिश में ही क्लियर हो गया। कलेक्टर ऑफिस में पोस्टिंग मिली है, एम.टी.एस के पद पर।”

“बहुत बढ़िया,” राजेन्द्र सिंह बोले,

“मैं खुद भी सरकारी विभाग से ही रिटायर हुआ हूँ – लोक निर्माण विभाग में बाबू था। जानता हूँ ये सफर कितना संघर्ष भरा होता है।”

थोड़ी देर बाद राजेन्द्र सिंह ने कहा, “देखो बेटा विवेक, जब पाँच बजे ऑफ़िस से आ ही जाते होगे, तो अर्जुन को एक घंटा पढ़ा दिया करो अभी तो 10वीं में है। आख़िर घर के ही तो हो अब छोटे भाई जैसा समझो।”

नीलम देवी ने भी उत्साह से कहा, "बिल्कुल! घर में पढ़ेगा तो बेहतर रहेगा, बाहर जाकर भीड़ में समय और पैसा दोनों लगता है।"

विवेक ने मुस्कराकर अर्जुन की ओर देखा, "बिलकुल अंकल मुझे कोई आपत्ति नहीं।"

टेबल पर खाना चल रहा था, बातों का स्वाद भी था और रिश्तों की पहली गर्माहट भी।

अर्जुन धीरे से अपनी थाली में दाल घुमाते हुए सोच रहा था। शायद, अब हर शाम सिर्फ पढ़ाई नहीं होगी... कुछ और भी सीखा जाएगा शब्दों से परे।

अगले दिन शाम का समय था। सूरज अब धीरे-धीरे खिड़की से झाँकना बंद कर चुका था और कमरे में सिर्फ ट्यूबलाइट की सफ़ेद रेखा थी, जो दीवार पर फैली हुई थी।

विवेक ऑफिस से लौट चुका था। अब वो आराम की मुद्रा में, बिस्तर पर आधा लेटा हुआ एक पुरानी किताब पढ़ रहा था।

घड़ी में 6:00 बज चुके थे। ठीक उसी वक़्त दरवाज़े पर हल्की सी दस्तक हुई।

“भैया, मैं आ जाऊँ?”

विवेक ने मुस्कराकर गर्दन उठाई,

“हाँ अर्जुन, आ जाओ तुम तो बिल्कुल समय के पक्के हो।”

अर्जुन भीतर आया।

उसके हाथ में एक नोटबुक और पेन था, और चेहरे पर हल्का-सा उत्साह,

जो नये अध्यापक से मिलने वाले हर छात्र के मन में स्वाभाविक होता है।

पढ़ाई शुरू होती है विवेक उठकर बैठ गया। उसने चादर को ठीक किया, और टेबल की ओर इशारा किया, “चलो, यहाँ बैठो। आज कौन-सा विषय पढ़ना है?”

“मैथ्स, भैया। वो रेशो-प्रपोर्शन वाला चैप्टर समझ नहीं आ रहा,” अर्जुन बोला।

विवेक ने अपनी नोटबुक निकाली, और बड़े शांत स्वभाव में बोलने लगा, “अच्छा सुनो, सबसे पहले ये समझो कि अनुपात का मतलब क्या होता है इसे समझने के लिए सिर्फ रट्टा नहीं, कल्पना ज़रूरी है।”

अर्जुन ध्यान से देख रहा था उसका मन इस वक्त पढ़ाई में था, पर विवेक की स्पष्ट भाषा, धीमी आवाज़, और अधीरता रहित समझाने का ढंग उसे किसी किताब से ज़्यादा आकर्षक लग रहा था।

घड़ी की सुइयाँ घूमती रहीं। एक घंटा कैसे बीता, दोनों को पता ही नहीं चला।

बीच-बीच में अर्जुन ने सवाल भी पूछे, विवेक ने हँसकर समझता बिल्कुल वैसे जैसे कोई बड़ा भाई अपने छोटे भाई को समझाता है।

अर्जुन ने अपनी नोटबुक बंद की और कहा, “अब समझ में आ गया, भैया। सच में, बाहर वाले सर तो बस डाँटते हैं।”

विवेक मुस्कराया, “तुम पढ़ने में अच्छे हो बस कोई तुम्हें आराम से समझाए, यही चाहिए।”

अर्जुन उठा कमरे से निकलते समय उसने एक बार मुड़कर देखा।

विवेक अब फिर से किताब खोल चुका था।

अर्जुन ने अपने कमरे में जाकर किताबें रखीं, पर उस एक घंटे की शांति, वह समझाने का तरीका, और विवेक की आँखों की चमक उसके मन में कहीं न कहीं एक कोमल सी जगह बन गई थी।

प्रेम का बीज कहीं चुपचाप बो दिया गया था।

2: पहली हलचल

रविवार की सुबह थी शहर की सड़कों पर चाय और अख़बार की ख़ुशबू तैर रही थी। सूरज की किरणें खिड़कियों से चुपचाप भीतर झाँक रही थीं। अर्जुन अपनी नोटबुक और किताबें लेकर ऊपर आया। विवेक का कमरा खुला था।

"भैया?"

उसने धीरे से आवाज़ दी।

भीतर विवेक था नींद से बस उठा ही था, आँखें अधमुंदी, और बदन के निचले हिस्से पर केवल बॉक्सर पैंट थी।उसका शरीर थकान में लिपटा हुआ था शायद सप्ताहभर की ऑफिस की थकावट थी। अर्जुन के अंतर्मन में गुदगुदी हुई।

विवेक ने आँखें मलते हुए अर्जुन की ओर देखा थोड़ा चौंका थोड़ा शरमाया भी, फिर मुस्कराया, "अरे अर्जुन आ गए? मैं उठ ही रहा था।"

कुछ ही देर में विवेक ने एक हल्की टी-शर्ट पहन ली और मेज़ पर किताबें खोल दीं। “आज तो तुझे अतिरिक्त पढ़ाना है प्रजनन वाला चैप्टर करना है ना?”

अर्जुन थोड़ा संकोच में था। उसने धीरे से किताब खोली पहले ही पन्ने पर पुरुष और महिला प्रजनन तंत्र का आरेख था।

वह चुपचाप बैठा रहा शब्द उसकी आँखों में थे, लेकिन मन बार-बार भाग रहा था।

विवेक ने उसकी झिझक को समझ लिया। “शर्म की कोई बात नहीं है अर्जुन,” उसने शांत स्वर में कहा, “ये विषय उतना ही सामान्य है, जितना मैथ्स या साइंस।”

धीरे-धीरे विवेक उसे समझाता गया जैविक प्रक्रिया, हार्मोन, परिवर्तन, और मानसिक स्थिति।

अर्जुन अब पढ़ाई में रमा हुआ था, पर उसके मन में कुछ सवाल थे जिन्हें वह पूछ नहीं पा रहा था।

विवेक ने देखा, उसकी उंगलियाँ काँप रही थीं,

नज़रें नीचे थीं, और माथे पर पसीना था जैसे वह खुद से लड़ रहा हो।

विवेक ने एक पल चुप रहकर उसे देखा फिर धीरे से उसके कंधे पर हाथ रखा। "तुम सीख जाओगे अर्जुन,"

उसने कहा, "चिंता मत करो। ये पहला कदम है सबसे कठिन। बाकी सब आसान हो जाएगा।"

अर्जुन ने उसकी ओर देखा विवेक की मुस्कराहट में न उपदेश था, न झिझक बस एक सच्चा विश्वास था।

वह भावुक हो गया विवेक का हाथ अब भी उसके कंधे पर था। और फिर उसने भी उसका हाथ पकड़ लिया शायद अनजाने में या शायद उस भरोसे को थामने के लिए, जो शब्दों से ज़्यादा मज़बूत था।

कमरे में कुछ देर तक चुप्पी रही। फिर अर्जुन ने किताब की ओर देखा, और कहा, "भैया, अगला पेज खोलें?"

विवेक मुस्कराया "हाँ, चलो आगे बढ़ते हैं।"

विवेक: “देखो, हार्मोन ही वह रासायनिक संदेशवाहक हैं जो हमारे शरीर को बड़ा होने, आवाज़ बदलने, दाढ़ी-मूँछ उगाने या आकर्षण महसूस करने के संकेत देते हैं।टेस्टोस्टेरोन लड़कों में बनता है, एस्ट्रोजन लड़कियों में।इसके अलावा डोपामिन और ऑक्सिटोसिन जैसी चीज़ें ये सब मिलकर उस ‘खिंचाव’ को जन्म देती हैं जिसे हम आकर्षण कहते हैं।”

अर्जुन ने सिर हिलाया, पर उसकी भौंहों के बीच अब भी हल्का संकोच ठहरा हुआ था।

विवेक (हल्की मुस्कान के साथ): “इसी उम्र में लड़के-लड़कियाँ अक्सर भटक भी जाते हैं। ग़लत राह पर न जाओ, बस समझदारी से आगे बढ़ो। मैं पूछ रहा हूँ कहीं तुम्हें किसी तरह की परेशानी तो नहीं? कोई ग़लत राह?”

अर्जुन की नज़र अचानक नीचे झुक गई। उसने पेन की नोक से कॉपी के कोने पर छोटी-सी रेखा खींची और धीमे स्वर में बोला: “मुझे लड़कियों में रुचि महसूस नहीं होती, भैया। सच कहूँ तो होता ही नहीं।”

विवेक ने निश्वास छोड़ा, फिर संयत लहजे में बोला: “कोई बात नहीं, अर्जुन। उम्र बढ़ेगी, तो हो सकता है चीज़ें बदलें और अगर न बदलें तो भी ठीक है। हर इंसान का मन अलग ढंग से खिलता है। सबसे ज़रूरी है कि तुम खुद से सच बोलो।”

अर्जुन ने पलकें उठाईं; उसके चेहरे पर विस्मय और राहत दोनों थे। उसने धीमे से कहा: “भैया, आप-सा शिक्षक मुझे आज तक नहीं मिला। प्लीज़ मुझे यूँ ही पढ़ाते रहिएगा, छोड़ कर मत जाइएगा।”

विवेक ने कोमल-सा हँसकर उसकी कंधे पर फिर हाथ रखा, इस बार बिलकुल आश्वस्त करने वाले ढंग से: “वादा रहा। जब तक तुम्हें ज़रूरत है, मैं हूँ। पढ़ाई भी करेंगे, बात भी करेंगे जो मन में आए, बेहिचक बताओगे। ठीक?”

अर्जुन ने पहला पन्ना पलटा, किताब आगे खिसकाई और सिर हिलाकर बोला: “ठीक, भैया अब रेशो-प्रपोर्शन वाला सवाल करवा दीजिए।”

धूप ज़रा-सी सरकी तो किताब के नये पन्ने पर रोशनी की धार पड़ गई जैसे दो अनजानी राहें किसी एक भरोसेमन्द छाँव में मिलती

हों। उनकी क्लास दोबारा शुरू हो गई, मगर कमरे में अब एक नई सहजता तैर रही थी कंधे पर रखा वह हाथ, और उस हाथ में बंधा एक अनकहा भरोसा।

दिन यू ही कटते गए।

गर्मियों की देर-शाम थी। छत पर चाँद का धुँधला-सा घेरा और दूर-दूर टिमटिमाते बल्ब। विवेक पुराना रेडियो लिए हल्का-सा गीत सुन रहा था। अर्जुन चुपचाप पास आ खड़ा हुआ हथेलियाँ आपस में भींची हुईं, गले में अनकहा काँपता वाक्य।

“भैया नहीं, विवेक”

उसने खुद को रोका, फिर भीतर की हिम्मत उकेरी,

“मुझ-को आपके साथ रहना अच्छा लगता है शायद इससे ज़्यादा भी। मुझे नहीं मालूम इसे क्या कहते हैं, पर जब आप दूर होते हैं तो कुछ अधूरा-सा लगता है।”

हवा जैसे ठिठक गई। रेडियो का गीत बन्द हो चुका था।

विवेक ने बहुत देर तक कुछ नहीं कहा सिर्फ उसकी आँखों में देखता रहा।

फिर धीरे-से बोला, "मैं समझ रहा हूँ, अर्जुन और मैं भाग नहीं रहा।"

दोनों के बीच की दूरी किसी अदृश्य धागे-सी सिमटती गई और अन्ततः वे एक-दूसरे से लिपट गये कोई शोर नहीं, बस दिलों की धड़कनों का एक-सा स्वर।

इसके बाद दिन मानो तेज़ भागने लगे। कॉलेज-ऑफिस के बाद की शामें अब साथ गुजरतीं छत पर खिचड़ी-सी धूप, किताबों का ढेर, और बीच-बीच में चाय के घूँट। कभी कोई सवाल शब्दों तक आता ही नहीं; दोनों की नज़र ही उत्तर दे देती। किसी पुराने लता में अर्जुन की खिलखिलाहट सुन विवेक ठहाका लगाता, फिर दोनों उसी हँसी में भीग जाते। पृष्ठ पलटते-पलटते उँगलियाँ टकरातीं, काँपतीं, पर अब वे पीछे न हटतीं।

रात ढलती, तो घंटों फोन पर धीमी आवाज़ में बातें भविष्य, डर, परिवार, और वह अनाम भरोसा जो हर वाक्य के बीच टिका रहता।

रविवार की एक तपती दोपहर, कमरा खामोश था। खिड़की से आती हवा पन्नों को हिला रही थी। विवेक ने अर्जुन की ओर हाथ बढ़ाया सिर्फ़ यह कहने के लिए, “क्या तुम तैयार हो आगे की किसी भी राह के लिए?”

अर्जुन ने मुस्कुरा कर हाथ थामा: “तुम्हारे साथ हूँ, डर किस बात का?”

उस स्पर्श के बाद शब्द गौण हो गये।

कमरे में कोई कैमरा न था, कोई दर्शक नहीं सिर्फ़ दो दिल जो एक-दूसरे की धड़कन पहचानने लगे थे।

पहली बार उनकी साँसें क़रीब आईं, हाथ एक-दूसरे के बालों में उलझे, और होंठों पर हल्का-सा कम्पन कोई जल्दबाज़ी नहीं, बस इतनी-सी छूट कि वे दोनों महसूस कर पायें, “हाँ, यही हूँ मैं, और यही हो तुम।”

रिश्ता मानसिक भी था और शारीरिक भी शाम ढली तो वे साथ बरामदे में बैठे थे। विवेक ने अर्जुन की उँगलियाँ थामे-थामे कहा,

“वादे अक्सर शब्दों में टूट जाते हैं पर मैं कोशिश करूँगा कि हर सुबह तुम्हें यहीं पाऊँ।”

अर्जुन ने सिर हिलाया, हल्की-सी हँसी के साथ, “और मैं हर शाम तुम्हें अपने सवाल सुनाऊँगा जब तक जवाब देना तुम बन्द न कर दो।”

विवेक ने अर्जुन का माथा चूमा और दोनों प्रेम में लिन हो गए।

3: दरकते सन्नाटे

तीन वर्ष बीत चुके थे। अर्जुन अब उन्नीस का था कॉलेज, भागदौड़, और हर शाम विवेक के कमरे में घुलती लंबी बातें। माँ नीलम देवी, ने कई बार देखा कि देर रात तक लाइट जलती रहती थी। संदेह लिपटा-सा रहा, पर यक़ीन नहीं हुआ।

उस रविवार, बरामदे का बल्ब बुझा हुआ था; हवा में हल्का पसीने-सा नमक। नीलम देवी ने चुपचाप काँच का दरवाज़ा सरकाया और सीढ़ियाँ चढ़ गईं। अंदर से धीमी फुसफुसाहट आती थी। हँसी और कोई घुला-सा नाम। खिड़की के परदे की हल्की चीर से झाँकते ही उसने देखा।

अर्जुन और विवेक एक ही बिस्तर पर, आधे-अधूरे कपड़ों में, एक-दूसरे को बाँहों में लिए पड़े थे; गर्म साँसों की महक कमरे में ठहरी हुई थी।

एक क्षण का शून्य! नीलम देवी की साँस अटक गई, हाथ से थाली छूटती-छूटती बची। उसकी आँखों में कौंध जैसे ज़िन्दगी भर के सारे जवाब और सारे सवाल एक साथ गिर पड़े हों।

अंदर, चादर सरकती आवाज़ से दोनों चौंक पड़े। विवेक ने हड़बड़ाकर शर्ट उठाई; अर्जुन ने कम्बल भींच लिया। दरवाज़ा खुल चुका था। माँ पत्थर-सी खड़ी थी, चेहरा राख-सा सफ़ेद।

“माँ!” अर्जुन की आवाज़ टूटी। उसके आगे शब्द नहीं निकले।

नीलम देवी बिना कुछ कहे पलटी और भागती-सी सीढ़ियाँ उतर गईं; हर डग पर उनका दिल गिरता गया।

रसोई में भोर की हल्की रोशनी थी। स्टील की केतली में चाय खौल रही थी, पर नीलम देवी के हाथ काँप रहे थे। रात की जो तस्वीर उन्होंने देखी, वह किसी कांटे-सी गड़ी थी। उन्होंने कप में चीनी डाली, घूँट भरा ज़ुबान पर कड़वाहट ही कड़वाहट ।

वसुन्धरा-रंग अख़बार ओट से राजेन्द्र सिंह ने पूछा, “कल इतनी देर कहाँ थी?”

उनकी पत्नी का गला सूख गया। बोलीं, “मैंने ऊपर देखा था, अर्जुन-विवेक एक ही बिस्तर पर थे।”

अख़बार जैसे हवा में रुक गया। राजेन्द्र का चेहरा स्याह पड़ गया। वह चाय-कप पटक कर उठे कुर्सी चरमराई। कोई दूसरा शब्द नहीं, बस भारी-भरकम कदमों की गूँज।

अर्जुन अभी-अभी नहाकर कमरे से निकला था कि दरवाज़ा धड़ाक् से खुला। पिता गरजे “शर्म नाम की भी चीज़ है या नहीं! आंखों में धूल झोंकता है। ये क्या तमाशा चल रहा है?”

माँ रोते-रोते बोलीं, “तू कह दे, बेटा उसने ज़बरदस्ती की?”

अर्जुन ने आँखों में पानी थामे कहा, “नहीं माँ, विवेक ने कुछ भी गलत नहीं किया, हम एक-दूसरे से”

राजेन्द्र ने थप्पड़ मारने को हाथ उठाया, पर रुक गये; उँगली ताने बोले, “चुप! यह ‘एक-दूसरे से’ का बहाना हमें मत सुना। तुझे पढ़ाया-लिखाया इसलिए नहीं कि लड़कों के साथ यह सब करे!”

अर्जुन चुप रहा आँखें झुकीं, कंधे थरथरा रहे थे।

माँ ने विवेक को बुलाया। वह सहमा-सा आया आँखें लाल, रात भर सोया नहीं था।

राजेन्द्र गरजे, “सामान उठाओ और दो घंटे के भीतर यह कमरा छोड़ो! अगर पुलिस में शिकायत करूँ, तो नौकरी भी गँवा बैठेगा।”

विवेक ने नम्रता से हाथ जोड़ा, “साहब, ज़ोर-ज़बरदस्ती कुछ नहीं मैं उसे कभी नुकसान नहीं।”

“बस!” राजेन्द्र ने बीच में काटा, “तुम जैसे लोग ही लड़कों को बिगाड़ते हो। शाम तक तुम्हें यहाँ नहीं देखना चाहता।”

नीलम देवी रोती रहीं कभी बेटे की ओर, कभी विवेक की ओर। विवेक ने उनकी ओर देख आँसू पोंछे, फिर चुपचाप कमरे में गया, किताबें और कपड़े बैग में ठूँसने लगा।

अर्जुन दरवाज़े पर खड़ा काँपता रहा आँखों के आँसू अब फूट पड़े। विवेक ने सिर उठाया, फीकी-सी मुस्कान दी जैसे कहना चाहता हो “मज़बूत रहना”और फिर सिर झुका लिया।

शाम ढली। रिक्शा गली में रुका। विवेक ने सामान रखा। जाते-जाते उसने अर्जुन को बस एक वाक्य कहा, “मैं तुम्हारा इंतज़ार

करूँगा जब भी तुम्हें सच में मेरी ज़रूरत हो, पता है न कहाँ ढूँढना है।"

अर्जुन ने कुछ कहने को होंठ हिलाए, पर आवाज़ न निकली। रिक्शा मुड़ गया; गली के मोड़ पर विवेक का हिलता हाथ धीरे-धीरे ओझल हो गया।

ऊपर छत पर, टँगी बल्ब-लाइट मद्धम थी, और भीतर-ही-भीतर कई दिलों की दीवारों पर एक-साथ सन्नाटा टूट रहा था किसी में गुस्सा, किसी में पछतावा, किसी में बेआवाज़ चीख़ ।

इस रात घर में जो दरार पड़ी, वह सिर्फ़ रिश्तों में नहीं, यक़ीन में भी थी। अब आगे की राह में अर्जुन को या तो परिवार का भरोसा लौटाना होगा या उस भरोसे के बिना अपने सच के साथ खड़ा होना होगा।

4: छूटे नहीं जो धागे

कई सप्ताह बीत चुके थे जब विवेक घर छोड़कर गया था, मगर अर्जुन के लिए यह अंत नहीं था। शुरू-शुरू में मोबाइल पर चुपचाप मेसेज करते थे "कैसे हो?"

"खाना खा लिया?"

धीरे-धीरे, मुलाकातें फिर से शुरू हुईं। कभी कोचिंग से लौटते समय बस स्टैंड के पास, कभी किताब देने के बहाने कॉलेज की लाइब्रेरी के बाहर।

विवेक हमेशा पहले की तरह मुस्कराता नहीं था, मगर जब अर्जुन उसे देखता, तो उसकी आँखों में वो ही पुराना ठहराव लौट आता।

एक दिन दोनों मंदिर के पीछे वाली गली में मिले।

अर्जुन ने कहा, “तुम पाताल में भी चले जाओगे, फिर भी मैं तुम्हें ढूँढ ही लूंगा।”

विवेक ने सिर्फ़ इतना कहा “कभी-कभी, दूरी ही एकमात्र पास होना होता है।”

पर फिर भी अर्जुन हर रविवार पहुँच ही जाता। और विवेक इंतज़ार करता।

समय खिसकता गया। एक दिन अर्जुन के फ़ोन पर खबर आई "विवेक की शादी हो गई।"

पर वो शादी अर्जुन के लिए अंत नहीं बनी, शायद क्योंकि रिश्ता कभी समाज के लिए था ही नहीं।

अब विवेक का परिवार भी शहर में शिफ़्ट हो गया था पत्नी और उसके ससुराल वाले। पर वो अर्जुन से मिलना नहीं छोड़ सका।

अब वे ज़्यादातर होटल में मिलते कभी घंटों बातें, कभी बस एक-दूसरे को देखना और अंगों का आलिंगन।

एक शाम होटल की खिड़की से बाहर झाँकते हुए अर्जुन ने कहा "क्या तुम्हारी पत्नी को कभी शक नहीं होता?"

विवेक चुप रहा, फिर बहुत देर बाद फुसफुसाया "मैं सिर्फ़ उसका पति हूँ पर तुम्हारा जो हूँ, वो मैं किसी और के लिए नहीं बन सकता।"

अर्जुन ने उसका हाथ थाम लिया। कमरे में सन्नाटा था, लेकिन उस सन्नाटे में दोनों की धड़कनों की आवाज़ें थी जो शोर से कहीं ज़्यादा साफ़ थीं।

इसी बीच क्लेश की एक शिकारी उठ चुकी थी। रात का पहला पहर था। कमरे में बस एक ट्यूबलाइट जल रही थी और पंखा ऊँ ऊँ कर घूम रहा था। विवेक थके-थके-से ऑफिस के कागज़ समेटकर बैग में रख रहा था। पीछे से उसकी पत्नी, रेनू, लगातार बोलती जा रही थी। "मैं कब से कह रही हूँ, दो महीने हुए, कोई ढंग का गहना तक नहीं दिलाया। शादी में सबको बड़े-बड़े वादे किये थे न!"

विवेक ने धीमे-से जवाब दिया, "रेनू, अभी जॉइन किये कुछ ही महीने हुए हैं, सैलरी उतनी नहीं कि।"

रेनू ने बात काट दी, "पैसे की नहीं, बात तुम्हारी दिलचस्पी की है। दिन-भर दफ़्तर, रात को किताबें, और जब मैं साथ बैठना चाहूँ तो सिर दर्द! ये शादी क्यों की थी?"

विवेक ने माथा दबाया, "बस काम का टेंशन है, और क्या।"

रेनू ने गुस्से में तकिया उठा कर ज़ोर से पलंग पर फेंका, “काम का बहाना मत बनाओ, सच यही है न कि मैं तुम्हें चाहती हूँ, पर तुम्हारे मन में मेरे लिए कुछ बचा ही नहीं!”

विवेक चुप रहा। कमरे में पंखे की आवाज़ और रेनू की तेज़ साँसें गूँजती रहीं। कुछ पल बाद रेनू की आवाज़ काँपने लगी “साथ रहने का मतलब ही क्या रह गया है, जब तुम मेरे पास आने से भी कतराते हो? बताओ, विवेक!”

विवेक ने नज़रें झुका लीं। उसके भीतर कहीं कोई गहरी थकान उभर आई जैसे वो अपना सच शब्दों में ढालना ही नहीं चाहता। बस इतना कहा, “रेनू मैं कोशिश करूँगा।”

रेनू ने आँखों से आँसू पोंछे, पर शिकवा नहीं गया। बोली, “कोशिश-वोशिश से क्या होगा? दिल ही नहीं लगता तो साफ़ कह दो!”

विवेक ने नज़रों में रुका-रुका सा दर्द लिए दबी आवाज़ में कहा, “कहना इतना आसान नहीं होता, रेनू।”

वो उठकर बरामदे में चला गया। रेनू पलंग पर बैठी रही गहनों से सजाई अलमारी पर नज़र टिकाए, जैसे सोने-चाँदी से भी भारी कोई खालीपन दिल में उतरता जा रहा हो।

बरामदे से हल्की-सी हवा भीतर आई, मगर उस हवा में भी दो दिलों की दूरी-सी ठंडी परत चिपकी हुई थी।

सुबह के क़रीब साढ़े नौ बज रहे थे। विवेक तैयार होकर जल्दी-जल्दी बैग उठाकर निकला। उसके चेहरे पर वही रोज़ वाली थकान थी सोच का बोझ, जो अब सिर्फ ऑफिस का नहीं था।

रेनू, जो अब तक रसोई में हल्दी और धनिया की खुशबू में उलझी हुई थी, उसके पीछे-पीछे बस एक वाक्य बोल सकी “लंच डब्बे में है ध्यान से खाना।”

विवेक ने सिर हिलाया, नज़रें नहीं मिलाईं और दरवाज़ा बंद कर चला गया। रेनू रसोई में लौटी। आटे की लोइयाँ बनाते हुए उसका मन बिखरता जा रहा था। "न शादी में मिठास, न बात में अपनापन क्या रह गया है हमारे बीच?"

सोचते-सोचते उसकी उँगलियाँ बर्फ-सी हो रही थीं। तभी पीछे से आवाज़ आई। "भाभी! खुसबू आ रही है पराठों की! बना रही हो क्या?"

रेनू ने पलटकर देखा उसकी ननद, साक्षी, मुस्कराती हुई, मोबाइल हाथ में लिए रसोई के दरवाज़े पर खड़ी थी। साक्षी विवेक की छोटी बहन थी, अब पास ही के कॉलेज में पढ़ती थी और अक्सर घर आती-जाती रहती थी।

रेनू ने हल्की-सी मुस्कान दी, "आ जा साक्षी, बस बना रही थी। तेरे भैया तो फिर आज भी बिना कुछ बोले निकल गए।"

साक्षी हँसते हुए पास आ गई, आटा उठाया और खुद बेलने लगी, "भैया तो ऐसे ही हैं। पहले भी जब मैं कुछ पूछती थी, तो जवाब में बस 'हम्म' मिलता था।"

रेनू ने हँसते हुए कहा, "तेरी बातों में मज़ा है साक्षी तुझसे बात करके लगता है जैसे दिल थोड़ा हल्का हो गया।"

साक्षी ने आँख मारते हुए कहा, "तो फिर मुझे अपना पक्का इलाज मान लो भाभी! जब भी मन भारी हो, मुझे बुला लेना, और हाँ, ये लो पराठा उलट दो, जल न जाए।"

दोनों हँस पड़ीं।

पर उस हँसी के पीछे रेनू की आँखों में एक अनकहा भाव था एक राहत, एक अपनापन जो उसे पति से नहीं मिल रहा था, पर साक्षी की खिलखिलाहट में उसे कुछ देर को ही सही, सुकून ज़रूर मिल रहा था।

रेनू कई बार कुछ कहना चाहती थी "साक्षी, तेरा भैया मुझे अपनी चेरी नहीं समझता, बस एक जिम्मेदारी समझता है।"

मगर शब्द गले में अटक जाते थे। वह जानती थी यह जो अपनापन है, यह सिर्फ बातों तक सीमित रहना चाहिए, क्योंकि समाज और रिश्ते की दीवारें सब कुछ नहीं सुनतीं। पर दिल की सूखी ज़मीन पर कभी-कभी कोई एक रिश्ता ओस की तरह गिरता है और फिर मन वहीं अटक जाता है।

5: दिल की बात

दोपहर का समय था। रसोई में काम निपटाकर रेनू बालकनी में बैठी थी। हाथ में चाय, नज़रों में खालीपन। तभी साक्षी पीछे से आई, उसके कंधे पर हल्के से हाथ रखा और बोली: "भाभी, आज मौसम कितना सुहाना है। चलो कहीं बाहर चलते हैं, दोनों।"

रेनू ने चौंक कर देखा, फिर मुस्कुरा दी "कहाँ?"

साक्षी ने चहकते हुए कहा, "जहाँ तुम्हारा मन हो! मार्केट चलते हैं या फिर झील किनारे मैं स्कूटी निकाल लूं।"

रेनू हँसते हुए बोली, "बड़ी सयानी हो गई है अब तू। चल, अच्छा लगेगा कुछ देर के लिए इस घर से बाहर जाना।"

दोनो तैयार होकर स्कूटी पर निकलीं रेनू पीछे बैठी थी, हवा बालों को उलझा रही थी, और पहली बार उसके चेहरे पर हल्की सी चमक दिख रही थी। जैसे कोई बाँझ ज़मीन पर पहली बूंद गिरी हो।

शाम होते-होते वे दोनों एक छोटे से रेस्टोरेंट में पहुँच चुकी थीं। टेबल पर पानी की बोतलें और एक-दूसरे के सामने चमकती मुस्कानें थीं।

रेनू ने कहा, “तेरे भैया के साथ तो कभी इस तरह बाहर खाने का मौका नहीं मिला शादी के बाद से तो बस रसोई ही है।”

साक्षी ने उसका हाथ पकड़कर कहा, “अब मैं हूँ न भाभी, जो तुम्हें हर चीज़ का स्वाद चखाऊँगी। खाने का भी, ज़िंदगी का भी।”

रेनू थोड़ी हँसी, पर उसकी आँखें थोड़ी सी भर आईं। दोनों ने साथ-साथ पनीर टिक्का खाया, हँसी-मज़ाक किया, और कुछ देर को जैसे रेनू की अंतर आत्मा को उस शीतलता का एहसास हुआ जिसके लिए वो कई वर्षों से तड़प रही थी।

अब दोनों में प्रेम विहार और भी बढ़ गया। जब साक्षी पास में रहती तो रेनू को पूर्णता का आभास होता और जब रेनू साथ न होती तो साक्षी को कुछ अधूरा सा लगता।

रात का समय था। बिजली चली गई थी। मोबाइल की लाइट में साक्षी और रेनू ज़मीन पर बैठे थे। लूडो का बोर्ड फैला था।

साक्षी ने एक गोटी चाल चली और बोली, “देखो भाभी! मैं मारूँगी तुम्हारी गोटी अब!”

रेनू ने चुटकी ली, “तेरी गोटी हमेशा चालाकी से चलती है। जैसे तू है वैसी ही तेरी गोटी।”

दोनों खिलखिला कर हँसीं।

साक्षी हँसते-हँसते अचानक गंभीर हुई और बोली। “भाभी, तुम्हारे साथ बिताया वक्त मुझे हीरे जैसा लगता है।”

रेनू कुछ नहीं बोली, बस उसकी हथेली थाम ली शब्दों की जगह उस एक स्पर्श ने कह दिया जो कहा नहीं जा सकता था।

अब ऐसा होने लगा था कि दोनों एक-दूसरे के बिना दिन की कल्पना नहीं कर पाती थीं। सुबह की चाय से लेकर रात की बालकनी तक हर वक़्त साथ रहना एक आदत बनती जा रही थी।

रेनू कभी-कभी अपनी साड़ी की पिन साक्षी से लगवाती थी, साक्षी कभी बाल संवारते हुए रेनू की चोटी बना देती थी। हँसी, बातों, हल्के छूने, साथ बैठने में अब एक नज़ाकत आ गई थी।

रेनू को साक्षी में वो सहारा दिखने लगा था, जो पति से कभी नहीं मिला और साक्षी को रेनू में वो ममता भी, और शायद कुछ और भी जो लफ़्ज़ों से बड़ी थी।

इन दृश्यों में कोई भी स्पष्ट नहीं कहता कि क्या हो रहा है, पर मन का हर कोना जानता है कि कुछ बदल रहा है। एक रिश्ता, जो ननद-भाभी के नाम से शुरू हुआ था, अब किसी और दिशा में जा रहा था। नज़रों से निकलकर दिलों तक।

दोपहर का सन्नाटा था। बाहर धूप कड़ी थी, पर रेनू के मन में जैसे कोई भारी बादल अटका था। साक्षी कमरे में मोबाइल पर गाने सुन रही थी। धीमी आवाज़, धीमा संगीत। तभी रेनू हल्की चाल से उसके कमरे में आई और दरवाज़ा धीरे से बंद कर दिया।

साक्षी ने देखा, “क्या हुआ भाभी, तबीयत ठीक नहीं?”

रेनू चुप थी। बस एकटक देखती रही साक्षी की तरफ। फिर धीमे से पास आकर बिस्तर पर बैठ गई। आवाज़ काँपती थी, पर शब्द साफ़ थे।

“कभी-कभी ऐसा लगता है साक्षी। मैं सिर्फ रोटियाँ बेलने वाली मशीन बन गई हूँ। कोई महसूस नहीं करता कि मैं भी थकती हूँ। कि मेरे अंदर भी कोई दिल है जो। जो बस किसी के पास बैठना चाहता है।”

साक्षी गंभीर हो गई। मोबाइल एक तरफ रखा। रेनू की ओर झुककर बोली। “मैं महसूस करती हूँ, भाभी! तुम्हारे मन की हर बात अब मेरी भी अपनी लगती है।”

रेनू की आँखें भर आईं। पहली बार उसने अपना सिर साक्षी के कंधे पर रखा। बिना डर के, बिना झिझक के।

“तू जब पास होती है न तो लगता है जैसे मैं भी ज़िंदा हूँ। तेरी बातों में अपनापन है। वो एहसास है जो कभी किसी ने मुझे दिया ही नहीं।”

साक्षी ने रेनू की हथेली अपने हाथ में ली। धीरे से बोली, “भाभी हम दोनों शायद इस दुनिया की भीड़ में अकेली हैं। पर अगर दो अकेले लोग एक-दूसरे को समझ लें तो शायद वही सच्चा रिश्ता होता है, है ना?”

रेनू अब सिसक रही थी। पर ये सिसकी दुख की नहीं थी, बरसों से दबे प्रेम की पहली साँस थी।

साक्षी ने उसके आँसू पोंछे और कहा, “मैं हूँ तुम्हारे साथ हर उस मोड़ पर जहाँ तुम्हें कोई भी नहीं समझेगा।”

कुछ क्षण दोनों बस चुपचाप बैठे रहे कमरे में शांति थी, पर मन में तूफ़ान। दो आत्माएँ एक-दूसरे को धीरे-धीरे समझने लगी थीं।

ननद-भाभी नहीं, दो प्रेमी।

6: दो छोर, एक दिल

विवेक अब घर कम ही रुकता था। सुबह ऑफिस चला जाता, और शाम को सीधे होटल या किसी पार्क की तरफ निकल जाता जहाँ अर्जुन उसका इंतज़ार करता।

अर्जुन अब कॉलेज जाने लगा था, लेकिन उसके दिमाग में किताबों से ज्यादा विवेक की आंखें और साथ बीते पल थे। दोनों पार्क में बैठते, कभी होटल के रूम में बातें करते, खाना खाते, फिल्में देखते और रात का वक्त साथ गुज़ारते।

“तू ही है जो मुझे पूरा करता है अर्जुन,” विवेक अकसर कहता।

और अर्जुन बस उसकी बांहों में सिमट जाता जैसे दुनिया में और कुछ चाहिये ही नहीं।

घर में जब भी लौटता, तो देर रात होती। रेनू उठती नहीं थी अब, न सवाल करती थी। वो भी अब किसी और के ख्यालों में डूबी रहने लगी थी।

अब हालात ऐसे हो गए थे कि एक ही छत के नीचे दो जोड़ियाँ थीं।

पर एक-दूसरे से कटे हुए, समाज से छिपे हुए।

रेनू अब साक्षी के कमरे में ही सोती थी। एक बार तो साक्षी ने हँसते हुए कहा भी था "भाभी, कहीं लोग ना कह दें कि हम दोनों कुछ ज्यादा पास आ गए हैं।"

रेनू ने हल्का मुस्कुरा कर जवाब दिया "जो कहे, कहे। कम से कम तू तो मुझे अधूरी नहीं छोड़ती।"

दूसरी ओर विवेक और अर्जुन का रिश्ता अब गहराई में डूबता जा रहा था।

वे दोनों रात में अक्सर साथ होते बाहर किसी कमरे में, कभी गाड़ी में, कभी कहीं और। अर्जुन ने अब मान लिया था कि यही उसका संसार है। विवेक ही उसका जवाब है।

एक रात, जब घर में लाइट चली गई थी। साक्षी और रेनू मोमबत्ती के पास बैठी थीं।

साक्षी ने धीमे से पूछा "भाभी, क्या हम जैसे हैं। वैसा होना गुनाह है?"

रेनू ने बिना पलक झपकाए कहा, "गुनाह वो होता है जो किसी को तकलीफ दे जो सच्चा हो, उसे दुनिया चाहे कुछ भी नाम दे, वो मेरा सच रहेगा।"

तीन दिन के लिए विवेक ऑफिस के किसी ट्रेनिंग ट्रिप पर गया था। लेकिन इस बार, अर्जुन ने भी अपने कॉलेज में "शैक्षिक यात्रा" का बहाना बना लिया था। ताकि वह उसी शहर में, उसी होटल में विवेक के साथ समय बिता सके।

रात का समय था। होटल के कमरे में हल्की पीली रौशनी जल रही थी। एक छोटा-सा कमरा, दो चाय के कप, और दो दिल जो एक-दूसरे की धड़कनों को अब बख़ूबी पहचान चुके थे।

विवेक और अर्जुन एक ही बिस्तर पर लेटे थे। कमरे में सन्नाटा था, पर आँखों में शांति।

"कभी-कभी लगता है, यही दुनिया हमारी है बस हम दो और कोई नहीं।" अर्जुन ने कहा, उसका सिर विवेक की छाती पर टिका था।

“इस दुनिया से दूर, इन दीवारों के बीच मैं भी वो बन जाता हूँ जो बनने से हमेशा डरता रहा,” विवेक की आवाज़ धीमी थी।

दोनों चुप थे। पर भीतर गूँज रही थी वो हर बात जो शब्दों से कहीं आगे थी।

अर्जुन ने धीरे से विवेक का हाथ पकड़ा "वादा करो, तुम कभी अकेला नहीं छोड़ोगे मुझे।"

"जब तक ये साँसें हैं, मैं हूँ तुम्हारे साथ," विवेक ने जवाब दिया।

तीन दिन की ऑफिस यात्रा के बाद विवेक घर लौट रहा था। ट्रेन की थकान उसके चेहरे पर थी, लेकिन मन कहीं उलझा हुआ था। शायद अर्जुन की यादों में।

घर का दरवाज़ा खोला। अंदर सन्नाटा पसरा था।

"रेनू" उसने दो बार पुकारा, कोई जवाब नहीं।

वह बाथरूम में हाथ-मुँह धोकर सीधे किचन की ओर गया पर वहां भी कोई नहीं था। फिर वह साक्षी के कमरे की ओर बढ़ा। दरवाज़ा

थोड़ा सा खुला था। जैसे ही उसने भीतर झाँका, कदम ठिठक गए।

सामने के दृश्य ने उसके मन को एक अजीब झटका दिया।

रेनू और साक्षी एक-दूसरे की बाँहों में थीं। कमरे में हल्की नीली रौशनी थी। और माहौल में एक अजीब-सी शांति।

विवेक कुछ पल वहीं खड़ा रहा स्तब्ध।

"क्या ये वही रेनू है मेरी पत्नी?"

उसके दिल में झंझावात उठने लगा "क्या सिर्फ मैं ही अकेला नहीं था इस रिश्ते में?"

दोनों ने एक झटके में दरवाज़े की ओर देखा जैसे बिजली का करंट दौड़ गया हो। रेनू उठी, शब्द गले में ही अटक गए। "विवेक तुम आ गए।"

सृष्टि सहमी हुई पीछे हट गई, उसके चेहरे पर डर था।

विवेक की नज़र दोनों पर टिकी रही, आँखें स्थिर और फिर एक धीमी, कटी-कटी मुस्कान के साथ बोला "वाह मैं ही शायद बेवकूफ़ था जो रिश्तों को सिर्फ नामों में ढूँढ़ता रहा।"

उसने एक गहरी साँस ली, "शुक्र है कमरे का दरवाज़ा बंद नहीं था। अब कम से कम सच की एक परत और उतर गई।"

फिर बिना और कुछ बोले, वह मुड़ा, दरवाज़ा खुला छोड़ कर बाहर जाने ही वाला था कि पीछे से रेनू की आवाज़ गूँजी "इतना भी मत बनो विवेक, जैसे तुम्हारा दिल अभी-अभी टूटा है।"

विवेक ठिठक गया। धीरे से पलटा, और आँखें सिकोड़कर बोला "क्या मतलब है तुम्हारा?"

रेनू आगे बढ़ी, अब चेहरा गुस्से से लाल था। "मतलब ये कि मैंने भी बहुत कुछ देखा है। होटल के रजिस्टर में तुम्हारा नाम कितनी बार अर्जुन के साथ दिखा है। और मुझे बेवफ़ा कहते हो?"

विवेक का चेहरा एक पल को स्याह पड़ गया। "चुप रहो रेनू ज़्यादा बढ़ रही हो," वो चीखा। हाथ उठाने ही वाला था कि विवेक की माँ गीता देवी, जो अब तक रसोई के पास खड़ी थी, दौड़कर आई और एक ज़ोरदार तमाचा उसके गाल पर जड़ दिया।

"शर्म नहीं आती? बीवी से बहस कर रहे हो और हाथ उठाने चले हो?"

विवेक, माँ की ओर देखने लगा आँखें डबडबाई हुईं।

माँ ने फिर रेनू की ओर देखा "और तु! घर को तमाशा बना दिया है दोनों ने। ये घर है या कोई युद्धभूमि?"

रेनू बोली “माँजी, जब तक सब सहती रही, सब ठीक था। अब बोलने लगी तो ग़लत हो गई? मेरा भी खून है, मेरे भी जज़्बात हैं। जिस रिश्ते में तुम लोग मुझे रखे थे, उसमें मैं घुट रही थी।”

घर अब घर नहीं रहा एक मैदान बन गया था जहाँ दोनों सिरों से अंगारे फेंके जा रहे थे।

गीता देवी दीवार से टेक लगाकर बैठ गई। “आज समझ आया मेरा बेटा और मेरी बहू दोनों अलग-अलग दुनिया में जीते हैं और दोनों ही अकेले हैं।”

7: लोक की लानत

सुबह की पहली चाय की भाप अभी ठंडी भी नहीं हुई थी कि गली की औरतों ने अपनी ज़ुबानें गर्म करनी शुरू कर दी थीं।

बिंदिया देवी, जो मोहल्ले की हर तीसरी बात जानती थीं और चौथी को जोड़ देती थीं, अपनी खिड़की से सिर निकालकर बोलीं "सुना है, वो लड़का विवेक जो पढ़ा लिखा सरकारी बाबू था, वो किसी लड़के के साथ नज़दीकियों में था? और बहू! बहू तो एक औरत के साथ? हाय राम! घर है या बदचलनी का अखाड़ा?"

दूसरी औरत, शांता ताई, ने अपने बर्तन रगड़ते हुए जवाब दिया "अरे, ये तो होना ही था। जैसे संगत, वैसा रंग। लड़का बचपन से ही नमर्दों के बीच ज़्यादा दिखता था। अब बीवी भी वैसी ही मिल गई। ये सब मोबाइल के असर हैं।"

तीसरी, जिसे खुद के घर में दो बार मर्द बदल चुके थे, पर फिर भी समाज पर ज्ञान देने से न चूकती, बोली "इनकी शक्लें अखबार में

आनी चाहिएं ताकि और लोग सबक लें। औरत-औरत का क्या रिश्ता होता है भला?”

इन फुसफुसाहटों की लहर मोहल्ले की हर दीवार से टकराई, और अब रेनू और सृष्टि के लिए घर से बाहर निकलना भी एक युद्ध जैसा हो गया।

बच्चे हँसी उड़ाते, मर्द मुस्कराते हुए ताने कसते, और औरतें अपनी बेटियों को नज़दीक तक नहीं आने देतीं।

घर की दीवारें अब पनाह नहीं थीं। वे रातों की साज़िशों और समाज की घृणा का परावर्तन कर रही थीं।

इसी बीच, अर्जुन का घर भी शोक में डूबा था पर वहाँ आंसू बहाने की इजाज़त नहीं थी।

अर्जुन के पिता राजेन्द्र सिंह, जो अब तक सिर्फ अखबारों से ही समाज को समझते थे, अब सीधे उसका ज़हर पी चुके थे। बैठक में चुपचाप बोले "बहुत हो गया अब अर्जुन को दिल्ली भेज देंगे। यहाँ नहीं रहेगा अब वो। कॉलेज के नाम पर, पढ़ाई के नाम पर! पर

असल में ये सब बदनामी से बचने के लिए है। जब अपना सिक्का खोटा हो तो किसी से क्या लड़ना।"

नीलम देवी ने सिर झुका लिया था। उनके आंखों में आँसू थे, पर चेहरा कठोर।

वो जानती थीं कि अर्जुन को भेजना, उसे खो देने जैसा होगा पर गली में हर रोज़ जलालत से भरी आवाज़ें सुनना उससे भी बड़ा दुख था।

अर्जुन खामोश था। वो बालकनी में खड़ा बस एकटक उस कमरे की ओर देख रहा था। जहाँ उसने पहली बार खुद को "महसूस" किया था। जहाँ उसका रिश्ता जन्मा था, बढ़ा था और जलाए जाने की कोशिश हुई थी।

ट्रेन की टिकट बुक हो चुकी थी। भोपाल रेलवे स्टेशन की तरफ़ जाने वाली बस के इंतज़ार में उसकी उम्मीदें सूटकेस में बंद हो चुकी थीं।

अर्जुन चला गया था। बस, यूँ समझो जैसे किसी ने शरीर से आत्मा निकाल ली हो।

विवेक बिस्तर पर पसरा रहता दीवारें घूरती थीं, पंखा आवाज करता था, और उसकी आँखें खाली दिखती थीं।

उसका तन, उसका मन दोनों अधूरे लगते थे। “शरीर को भी भूख लगती है। सिर्फ़ रोटी की नहीं, छुअन की, अपनापन की, किसी के सांस लेने की आहट की भूख।”

अब वो भूख अंदर ही अंदर कुचली जा रही थी। रातें करवटों में बीतती थीं, और सुबहें खामोश पड़ी खिड़की के पार बेजान लगती थीं। रेनू, उसकी पत्नी, अब उससे कोसों दूर लगती थी। एक छत के नीचे रहते हुए भी जैसे दो अनजान किरायेदार हो गए हों।

विवेक उससे बात करता भी, तो सिर्फ़ औपचारिकता में "रात का खाना बना है?"

"तूने गैस का बिल भरा?"

और इसके आगे कुछ नहीं।

रेनू, जो कभी मुस्कराकर लाड़ से पूछती थी, "थक गए होंगे पीठ दबा दूं?" अब उससे कहती, "पंखा चला दो, गर्मी लग रही है।"

एक दिन, गीता देवी, जो अब तक सब सह रही थीं, फट पड़ीं।

उन्होंने साक्षी और रेनू को एक साथ बैठे हुए देख लिया बिना कहे बहुत कुछ समझ गईं। उनके लिए ये "ग़लत संगत", "गलत चाल", और "इज़्ज़त पर दाग" था।उन्होंने ज़ोर से चिल्लाते हुए कहा –

"रेनू! तू अब मेरी बहू नहीं और साक्षी, तूने भी इस घर का मान मिट्टी में मिला दिया। तुम दोनों अब इस घर से चली जाओ!"

साक्षी की आँखें भर आईं, पर उसने कुछ नहीं कहा।

रेनू का चेहरा एक बार झुका, फिर उठ गया अब उसके भीतर की चुप्पी ने विद्रोह को जन्म दे दिया था। दोनों औरतें, अपने कपड़ों का छोटा-सा थैला लेकर चुपचाप निकल पड़ीं।

विवेक ये सब देखता रहा। न बोल पाया, न रोक पाया।

उसके जीवन की दोनों "स्त्रियाँ" एक पत्नी और एक बहन अब उसकी ज़िंदगी से निकल चुकी थीं।

अब घर में सिर्फ़ तीन चीज़ें बची थीं: एक खाली कमरा, एक बेजान माँ, जो सिर्फ़ इज़्ज़त के डर से कठोर बनी बैठी थी।, और एक भूखा विवेक, जिसे अब न तन का सहारा था, न मन का।

रेनू और साक्षी, अपने जले हुए अतीत से निकलकर, एक नई सुबह की तलाश में बेंगलुरु चले गए। वहाँ उन्होंने एक छोटा सा कमरा किराए पर लिया। अब एक-दूसरे के साथ, एक नया जीवन शुरू करने जा रही थीं। बिना किसी झूठे नाम या झूठी पहचान के।

वे अब एक-दूसरे की पहचान थीं। समाज भले उन्हें तिरस्कार दे, पर उन्होंने आत्म स्वीकृति और सम्मान चुन लिया।

8: अधूरा रिश्ता

विवेक अब अकेला था। सच में अकेला। ना अर्जुन, ना साक्षी, ना रेनू। माँ भी अब ज़्यादा बात नहीं करती थीं।

उनकी आँखों में शिकायत थी और चुप्पी में ताना। रातें लम्बी हो गई थीं। बिस्तर पर लेटे-लेटे वह दीवार पर छत के पंखे की परछाई में अर्जुन का चेहरा ढूंढने लगा था।जिस हँसी में कभी वो चैन पाता था, अब उसी की गूँज याद बनकर उसके कानों में सन्नाटा घोल रही थी।

एक दिन, वह अर्जुन की पुरानी डायरी निकाल लाया जिसमें कभी उसने छोटे-छोटे नोट्स, प्यारे स्केच, और मोबाइल नंबर लिखा था।

काँपते हाथों से उसने अर्जुन का नंबर मिलाया ये एक आखिरी उम्मीद थी क्योंकि उसका नंबर बदल चुका था।

"आपने जो नंबर डायल किया है वह अब सेवा में नहीं है।"

दूसरी बार, तीसरी बार हर बार वही बर्फ-सी ठंडी आवाज़।

"वो सब बदल चुका था। अर्जुन अब एक नई दुनिया में था और विवेक उसी पुराने कमरे में फंसा रह गया था।"

उसने सोशल मीडिया खंगाल डाला इंस्टाग्राम, फेसबुक, ट्विटर, पर कोई सुराग नहीं मिला। हर जगह सिर्फ़ पुरानी तस्वीरें थीं। एक मुस्कराता चेहरा, जो अब सिर्फ़ याद बन चुका था।

"काश, मैं उसे रोक लेता।"

"काश, मैंने उसे बताया होता कि वो मेरे लिए कितना ज़रूरी है।"

"काश, मैंने समाज से नहीं, अपने दिल से डरना चुना होता।"

विवेक अब टूट गया था। वो जानता था अर्जुन अब शायद कभी लौटेगा नहीं। लेकिन फिर भी वह हर रात एक नई उम्मीद लेकर सोता था।

दिल्ली का एक जाना-पहचाना कॉलेज, खूबसूरत सा कैंपस, हर तरफ़ भागती-दौड़ती ज़िंदगियाँ, और उन्हीं के बीच अर्जुन एक कोने में कॉलेज की लाइब्रेरी के बाहर खड़ा, घबराया हुआ, थोड़ा डरा हुआ, लेकिन नई शुरुआत के लिए तैयार। उसके हाथ में टाइम टेबल था, कंधे पर बैग और आँखों में थोड़ी बेचैनी।

उसी समय, तीन लड़के उसकी तरफ़ आए।

"ओ भाई! तू पहली बार आया है ना?" एक ने मुस्कराते हुए कहा।

"हाँ वो लाइब्रेरी की किताबें लेनी थीं।" अर्जुन ने संकोच से जवाब दिया।

तीनों हँस पड़े। "तू किताबों के पीछे भागता रहेगा, और यहाँ तो लड़कियाँ लाइन में लगी हैं दोस्त!"

"वैसे लड़कियों में इंट्रस्ट है या?" दूसरे ने आँख मारते हुए तंज कसा।

अर्जुन थोड़ा असहज हो गया, शब्दों को ढूंढ ही रहा था कि तभी पीछे से एक लड़की की आवाज़ आई

"एक्सक्यूज मि, अर्जुन?"

वो लड़की सुंदर, तेजस्वी और आत्मविश्वास से भरी थी।

नाम था “सोनाली”। कॉलेज में सेकंड ईयर की छात्रा और लाइब्रेरी की रेगुलर विज़िटर। अर्जुन को देखकर मुस्कराई और बोली

"सर ने कहा था कि तुम न्यू एडमिशन हो, और तुम्हें लाइब्रेरी से कुछ किताबें लेनी हैं। चलो मैं मदद कर देती हूँ।"

अर्जुन उसके साथ चल दिया, पीछे वे तीनों लड़के हैरानी और जलन से उसे जाते देखते रहे।

लाइब्रेरी के अंदर अर्जुन पहली बार इतनी सारी किताबों के बीच आया था। सोनाली ने उसके लिए तीन ज़रूरी किताबें चुनीं: "भारतीय राजनीति - एम. लक्ष्मीकांत", "मानव व्यवहार को समझना", "सामान्य विज्ञान मैनुअल"

"तुम्हें ये तीनों शुरू में बहुत काम आएंगी। और हाँ, अगर कुछ समझ में ना आए तो पूछने में घबराना नहीं!" - सोनाली ने कहा।

अर्जुन की आँखें चमक उठीं। "आप बहुत अच्छा समझा रही हैं और थैंक यू मतलब पहली बार कोई इतने प्यार से बात कर रहा है!"

सोनाली मुस्कराई। "तुम अच्छे हो और मैं जानती हूँ, तुम बहुत आगे जाओगे।"

सुभाष कॉलेज का पहला पीरियड शुरू हो चुका था। क्लासरूम में हल्की फुसफुसाहट थी, कुछ छात्र अपनी कॉपियों में नोट्स लिख रहे थे तो कुछ मोबाइल में खोए थे। खिड़की से आती धूप और पंखों की घुन-घुनाहट के बीच प्रोफेसर ने चॉक उठाकर बोर्ड पर "भारतीय संविधान" लिख दिया। सबसे पीछे की बेंच पर बैठा अर्जुन, अपनी किताब से ज़्यादा खिड़की के बाहर झाँक रहा था, जैसे किसी और दुनिया की तलाश में हो।

क्लास खत्म होने के बाद, सोनाली अर्जुन के पास आई और कहा "चलो अर्जुन, आज तुम्हें कॉलेज की असली मजे दिखाती हुं।"

अर्जुन थोड़ा मुस्कराया। साथ-साथ चल पड़े दोनों कॉलेज कैंपस के पास वाली छोटी सी चाय की टपरी की ओर।टपरी पर भीड़ थी,

मगों में चाय उबल रही थी, प्लास्टिक की कुर्सियाँ बेतरतीब पड़ी थीं। पर वहाँ की महक में अपनापन था।

दोनों ने दो चाय ली और एक थाली में गरम मटरी। सोनाली ने पहले घूंट लिया और कहा "इस चाय में ना कोई एलाइट फ्लेवर नहीं है, पर जो सुकून है, वो स्तरबग्स भी नहीं दे सकता।"

अर्जुन मुस्कराया और पहली बार ज़ोर से हँसा। "मैंने कभी सोचा नहीं था, कॉलेज में ऐसा भी पल होगा जहाँ किताबें नहीं, ज़िंदगी सिखाई जाएगी।"

अब तो यह रोज़ का सिलसिला बन चुका था दोपहर होते ही सोनाली पास आ जाती, मुस्कुराकर पूछती, "आज क्या खिला रहे हो, शेफ अर्जुन?" और अर्जुन हँसते हुए जवाब देता, "जो भी बारिश मंज़ूर करे!" उस दिन भी वही हुआ। टपरी से गर्मागरम भुट्टा और मसालेदार चाय ली गई, और जैसे ही दोनों बैठने ही वाले थे, अचानक तेज़ बारिश शुरू हो गई। दोनों भागकर पुराने पीपल के नीचे जाकर खड़े हो गए, जहाँ अक्सर वे छिपकर बातें करते थे।

भीगी हवा सोनाली के बालों से खेल रही थी और अर्जुन उसकी आँखों में कुछ पढ़ने की कोशिश कर रहा था। सोनाली ने भुट्टा उसकी ओर बढ़ाते हुए कहा, "हर बार ये बारिश हमें पास क्यों ले आती है?" अर्जुन थोड़ा मुस्कराया, "शायद मौसम को हमसे जलन है। इसलिए हर दिन बहाना ढूँढ़ता है मिलने का।"

पानी की बूँदें उनके चेहरों पर गिरीं, लेकिन अंदर कुछ और ही भीग रहा था। एक अनकहा एहसास, जो शब्दों से नहीं, मौन से जुड़ता जा रहा था।

धीरे-धीरे दोनों की बातें बढ़ीं फोन नंबर एक्सचेंज हुए, मीम शेयरिंग शुरू हुई, और लाइब्रेरी की टेबल अब हमेशा उनकी साझा सीट बन गई।

एक दिन अर्जुन ने कहा "तुम ना वैसी हो, जैसी लाइब्रेरी की सबसे पसंदीदा किताब होती है। जिसे कोई बार-बार पढ़ना चाहता है।"

सोनाली चुप हुई, फिर बोली "तुममें कुछ अलग है। शायद इसीलिए मैं तुमसे बहुत जल्दी जुड़ गई हूँ।"

अर्जुन ने पहली बार दिल से कुछ महसूस किया, जो ना विवेक था, ना डर,बस एक नया विश्वास।

9: लौटता अतीत

अब अर्जुन और सोनाली की दोस्ती में वो गर्माहट आ चुकी थी। जो हर शाम को खास बना देती थी। कभी लाइब्रेरी, कभी कैंटीन, कभी झील के किनारे हर जगह अर्जुन सोनाली के साथ रहकर अपने आप को नया पाता था।

पर अर्जुन का मन कुछ और भी महसूस करने लगा था। वो एकतरफा प्रेम, जो हर मुस्कराहट में छिपा था, हर कॉफी कप में जोश बनकर उभरता था।

वो सोनाली की हर बात में एक अपनापन ढूँढ़ता, जो शायद वो कभी किसी और में छोड़ आया था।

एक शनिवार की शाम, अर्जुन और सोनाली कॉलेज से बाहर निकलकर एक पुरानी बुक स्टोर की ओर जा रहे थे।सड़क पर हल्की धूप थी, हवा में ठंडक। तभी पीछे से एक आवाज़ आई "अर्जुन!"

अर्जुन ठिठका। वो आवाज़, वो लहजा, वो साँसें, विवेक था।

वही विवेक, जिसे वह तीन साल पहले दिल की किसी तह में बंद करके चला गया था।

अर्जुन पलटा, सामने विवेक खड़ा था। थका हुआ, बिखरा हुआ, आँखों में पछतावे की चुप्पी लिए।

"मुझे माफ़ कर दो अर्जुन मैं बहुत देर से आया पर आया तो सही।"

सोनाली अर्जुन के कंधे पर हाथ रखती है। अर्जुन का चेहरा सख्त हो जाता है। वो एक नज़र विवेक पर डालता है। वो नज़र जिसमें नफ़रत नहीं, बस ठंडापन होता है।

"अब कुछ कहने की जरूरत नहीं है विवेक। बहुत कुछ बीत चुका है। अब मैं आगे बढ़ चुका हूँ।"

विवेक उसके पास आने की कोशिश करता है, "कम से कम सुन तो लो एक बार गले लगने दो बस एक बार!"

अर्जुन पीछे हट जाता है। "अब मेरे साथ सोनाली है और मैं खुश हूँ। तुम्हारा वक़्त जा चुका है विवेक।"

वो सोनाली का हाथ थामता है और कहता है "चलो सोनाली, यहाँ रुकने का कोई मतलब नहीं है।"

दोनों आगे बढ़ जाते हैं, विवेक वहीं खड़ा रह जाता है। भीड़ में अकेला, गुनाहों और पछतावे के बोझ में दबा हुआ।

विवेक सड़क के किनारे बैठ जाता है। चेहरा अपनी हथेलियों में छुपा लेता है। आँखों से आँसू बहते हैं। ना चिल्ला सकता है, ना रोक सकता है।

“शायद मुझे उसे जाने ही देना चाहिए था

शायद मैं कभी उसके क़ाबिल था ही नहीं।”

सड़क की भीड़ में अब कोई फर्क नहीं पड़ता, वो अब बीते हुए रिश्ते का एक भूला अध्याय बन चुका था।

शाम की ठंडी हवा, सड़क पर चलती गाड़ियों का शोर,और सोनाली की कार के अंदर एक दम घुटती ख़ामोशी।

अर्जुन ड्राइविंग सीट के पास बैठा था, उसकी नजरें बाहर भागते पेड़ों पर थीं, पर मन अंदर किसी डर के जंगल में खोया था।

सोनाली ने ब्रेक दबाया गाड़ी साइड में लगा दी। "अर्जुन"

अर्जुन चौंककर उसकी ओर देखता है। "आज जो वो लड़का मिला था वो कौन था?"

अर्जुन का गला सूख जाता है, शब्द जैसे होंठों के अंदर ही जम जाते हैं।

सोनाली ने उसका हाथ पकड़ा। "मुझे झूठ मत बोलना अर्जुन मैं तुमसे कुछ भी सह लूँगी, लेकिन झूठ नहीं। कसम है तुम्हें मेरे विश्वास की।"

अर्जुन की आंखें झुक गईं। उसने एक लंबी सांस ली और फिर धीरे से बोला "वो विवेक था। तीन साल पहले मेरी ज़िंदगी का हिस्सा था। दोस्त नहीं उससे बढ़कर। हम दोनों में वो रिश्ता था जिसे दुनिया नाम नहीं देती। वो मेरी दुनिया था, सोनाली।"

गाड़ी के शीशे पर बारिश की कुछ बूँदें टपकीं, जैसे आसमान भी इस चुप्पी को तोड़ना चाहता हो।

सोनाली चुप रही। अर्जुन उसकी तरफ देख नहीं पा रहा था। "मैंने उसे छोड़ा था तुम्हारे लिए। ताकि एक नई शुरुआत कर सकूँ ताकि मैं खुद को दुनिया के हिसाब से जी सकूँ।पर सच से भाग नहीं पाया।"

सोनाली ने उसकी हथेली को दबाया। "मैं तुमसे नफरत नहीं कर सकती अर्जुन। पर मुझे थोड़ा वक़्त चाहिए इस सबको समझने के लिए।"

अर्जुन की आँखें भीग गईं। सड़क की रौशनी उनकी आँखों से टकराकर और चमक रही थी। "बस वादा करो, अब कभी कुछ नहीं छुपाओगे।"

अर्जुन बोला "कसम है अब कुछ नहीं छुपेगा।"

अर्जुन अब कॉलेज जाता, पर उसका मन कहीं नहीं लगता। सोनाली अब पहले जैसी नहीं रही थी। ना कॉल, ना चैट, ना लाइब्रेरी के कोने में मुस्कान। हर जगह बस एक सन्नाटा, जो अर्जुन को अंदर ही अंदर खा रहा था।

रात को कमरे में बैठकर वो सोचता "क्या मेरी सच्चाई ही मेरी सबसे बड़ी सज़ा है? क्या दुनिया को सच कहने की कीमत यही होती है?"

उसे अपने पंख कटते महसूस हो रहे थे।

वो शाम कुछ अलग थी। अर्जुन ने आज घंटों आइने में खुद को निहारा था, बाल ठीक से जमाए, अपनी सबसे अच्छी कमीज पहनी जिसे कभी सोनाली ने मज़ाक में कहा था, “इसमें तुम हीरो लगते हो।”

हाथ में एक छोटा सा गिफ्ट पैक था उसके दिल का टुकड़ा, उसकी मोहब्बत की आखिरी उम्मीद। सोनाली ने उसे अपने घर बुलाया था।

घर का माहौल अजीब सा था। दरवाज़ा खुद सोनाली ने खोला। पर वो हँसती नहीं थी, ना वो चमक थी आँखों में, ना ही वो गर्मजोशी जिससे वो अक्सर अर्जुन का स्वागत करती थी। "आओ अर्जुन बैठो।"

अर्जुन ने मुस्कराकर पैकेट उसकी तरफ बढ़ाया। "मैं आज कुछ कहने आया हूँ।"

सोनाली चुपचाप देखती रही। अर्जुन ने गहरी सांस ली, फिर धीरे से बोला "सोनाली, तुम मेरी ज़िंदगी की सबसे खूबसूरत इंसान हो। तुम्हारे साथ बिताए हर पल ने मुझे फिर से जीना सिखाया है। क्या तुम मेरी ज़िंदगी में हमेशा के लिए रहना चाहोगी?"

उसने अपने घुटनों पर बैठकर उसकी ओर हाथ बढ़ाया एक विनम्र प्रेम निवेदन। लेकिन सोनाली का चेहरा सख्त हो गया। "अर्जुन उठो।"

अर्जुन धीरे-धीरे खड़ा हुआ। "मुझे माफ़ करना, पर मैं तुमसे ये रिश्ता आगे नहीं बढ़ा सकती।"

"पर क्यों सोनाली? मैंने कुछ गलत कहा क्या?" अर्जुन के स्वर में कंपन था।

"तुम बहुत अच्छे हो लेकिन शायद मैं वो नहीं हूँ जो तुम्हारी ज़िंदगी में रहनी चाहिए। तुम्हारा अतीत, तुम्हारी भावनाएं,

तुम्हारी असलियत मुझसे नहीं झेली जाएगी। और शायद मैं खुद से झूठ भी नहीं बोल सकती।"

अर्जुन कुछ कहने ही वाला था कि तभी सोनाली की माँ बाहर आ गईं। "बेटा, अब चले जाओ। हमारी बेटी बहुत परेशान रही है इन दिनों। हम नहीं चाहते कि वो और उलझे।"

अर्जुन समझ नहीं पा रहा था। आँखों में आँसू थमे हुए, दिल टूट कर ज़ुबान पर आ गया था।

वो धीमे कदमों से बाहर की ओर बढ़ा, दरवाज़ा बंद हुआ एक अध्याय की तरह।

सड़क पर निकलते ही आसमान में बादल घिर आए थे।बारिश की कुछ बूँदें उसकी पलकों से पहले ही उसके दिल में उतर चुकी थीं। उसने सड़क के किनारे बैठकर आसमान की ओर देखा और बुदबुदाया।

"जिसके लिए मैंने अतीत को जलाया था, वो भी अब राख उड़ाकर चला गया।"

10: बिखराव का सन्नाटा और ईश्वर का उपहार

कमरे में अंधेरा पसरा हुआ था। खिड़की के पर्दे दिन और रात के फर्क को छुपा चुके थे। टेबल पर रखा खाना तीन दिन से वैसे ही पड़ा था। सड़ा नहीं था, पर अर्जुन की भूख उससे भी पहले मर चुकी थी।

पलंग पर पड़ा था वो न मूवमेंट, न शब्द, न कोई इच्छा।

बस छत को निहारता रहता था, जैसे वहाँ से कोई पुरानी याद टपक जाएगी और उसकी आत्मा को थोड़ी राहत दे जाएगी।

सोनाली चली गई थी। पर जो ज़ख्म उसने छोड़े थे वो अंदर गहराते जा रहे थे।

"मैं ही गलत था।"

"मैंने ही उसे सच बताया।"

"और उसी ने मेरी सच्चाई को नकार दिया।"

कई बार उठकर मोबाइल उठाता विवेक का नंबर डायल करता पर फिर कांपते हाथ रोक लेते। "उसे मना कर दिया था कितनी बेरहमी से कहा था। कि अब मेरी ज़िंदगी में तुम्हारी जगह नहीं। क्या अब माफ़ी मांग लूं?"

"पर क्या वो फिर से मेरी आवाज़ सुनेगा?"

बेड पर पड़ा-पड़ा अर्जुन का शरीर थक चुका था, पर मन की बेचैनी हर रात उसकी नींद चुराकर ले जाती थी। वो करवटें बदलता रहता हर करवट पर एक अधूरी याद मिलती कभी विवेक के कंधे पर सिर रखकर पढ़ना, तो कभी सोनाली की हँसी में खो जाना।

कभी अचानक उठ बैठता, आँखों में आँसू लिए खुद से कहता "मैं किससे भाग रहा था? अपने अतीत से? या उस इंसान से जिसने मुझे बिना शर्त के चाहा?"

"मैंने जिसे अपनाया वो मुझे छोड़ गई। और जिसे छोड़ा शायद वही आज भी मुझे अपनाने को तैयार हो।"

रातअर्जुन ने विवेक की तस्वीर देखी वो पुरानी सी सेल्फी, जिसमें दोनों मुस्कुरा रहे थे। उसने तस्वीर से लिपट कर कहा "माफ़ कर दो विवेक मैं तुम्हारा नहीं बन पाया, खुद को भी खो बैठा।"

बारिश की रिमझिम सी एक उदास शाम थी। अर्जुन अपने रूम की बालकनी में खड़ा था ऊपर से नीचे तक भीगा हुआ। शरीर काँप रहा था, पर मन वो तो ठंड से भी ठंडा हो चुका था। नीचे की सड़क दूर लग रही थी, पर अर्जुन के मन में तो अब फासले बचे ही कहाँ थे? "सब कुछ तो खत्म हो चुका है। प्यार भी, अपनापन भी अब क्या बचा है मेरे पास?"

उसकी आँखों में आँसू नहीं थे। बस खालीपन का बवंडर था। वो बालकनी की रेलिंग पर चढ़ चुका था। तभी पीछे से किसी ने ज़ोर से उसकी कलाई पकड़ ली "अर्जुन! तू पागल हो गया है क्या?"

अर्जुन चौक गया। वो नवीन था। उसकी क्लास का वो लड़का, जिससे बस हल्की-फुल्की बातचीत होती थी, पर आज वो अर्जुन की ज़िंदगी थामने आ गया था।

नवीन ने उसे ज़ोर से अपनी ओर खींचा, दोनों ज़मीन पर गिर पड़े। बारिश की बूँदें अब उनके चेहरों पर थीं। एक के चेहरे पर डर, दूसरे के चेहरे पर पछतावा। "क्या हाल बना रखा है तूने अर्जुन? जान देना चाहता है, बस ऐसे ही?"

"तुझे पता है, कितने लोग तुझसे जुड़े हैं? एक इंसान चला जाए, तो उसके पीछे कितने ज़िंदगी बिखरती है, पता है?"

अर्जुन बस फूट-फूटकर रो पड़ा। "मुझसे गलती हुई नवीन बहुत बड़ी गलती। सबको खो दिया। किसी को माफ़ तक नहीं कह पाया। और अब! अब मैं खुद को भी नहीं देख सकता।"

नवीन ने उसे अपने सीने से लगा लिया। "तेरा अतीत जो भी रहा हो अर्जुन उसका मतलब ये नहीं कि तेरी ज़िंदगी खत्म हो चुकी है। तू अब भी ज़िंदा है, और मैं तेरे साथ हूँ।"

उस दिन के बाद अर्जुन ज़्यादा बात नहीं करता था। सिर्फ खामोशी उसके चेहरे पर छाई रहती थी।

लेकिन नवीन वो हर सुबह हॉस्टल के गेट पर खड़ा मिलता हाथ में चाय के दो कुल्हड़ लिए। "चल उठ बे, थोड़ा गरम कुछ पी ले।

खाली पेट मत सोचा कर पेट भरा हो तो दुःख थोड़ा कम लगता है।"

अर्जुन बस मुस्कुराने की कोशिश करता शायद पहली बार किसी ने बिना शर्त, बिना सवाल, उसे अपनाया था।

कभी-कभी नवीन अर्जुन को जबरदस्ती ले जाता था कॉलेज कैंटीन "यहाँ मत बैठा कर अकेले कोने में। दुनिया जितनी बुरी लगती है न, उतनी नहीं है। चल बैठ, साथ खा लेते हैं।"

वो मिक्स वेज रोल मंगाता, दो स्ट्रॉ वाला एक कोल्ड ड्रिंक, और अर्जुन से कहता: "तू बोले या ना बोले पर जब भी गिरने लगे, याद रखना मैं पकड़ लूंगा।"

एक शाम अर्जुन को बुखार आ गया। सारे रूममेट्स बाहर थे। पर नवीन ने फोन किया अर्जुन की आवाज़ कमज़ोर थी बस एक शब्द बोला, "ठीक नहीं लग रहा।"

आधे घंटे में नवीन हॉस्टल में था। बुखार की दवा, सूप, और ठंडी पट्टी लेकर।

अर्जुन उस रात अपने बिस्तर पर लेटा रहा नवीन उसके पास बैठा था।

धीरे से अर्जुन ने कहा "कभी सोचा नहीं था कि कोई यूँ बिना वजह मेरा ख़्याल रखेगा।"

नवीन मुस्कुरा दिया। "तू वजह नहीं है अर्जुन तू इंसान है।और इंसानियत ये नहीं देखती कि तू क्या कर चुका है, वो ये देखती है कि तुझे ज़रूरत है।"

वसंत की एक नर्म शाम थी। अर्जुन और नवीन साथ-साथ कॉलेज के पीछे वाले बगीचे में टहल रहे थे। चारों ओर फूल खिले थे, पत्तियों पर धूप की सुनहरी रेखाएँ तैर रही थीं, और हवा में एक सुकून सा घुला था। अर्जुन के चेहरे पर हल्की सी मुस्कान थी। कई दिनों बाद, एक ऐसी मुस्कान जो मन की गहराई से आई थी, न कि सिर्फ दूसरों को दिखाने के लिए।

"पता है नवीन," अर्जुन ने धीरे से कहा, "मैंने कभी नहीं सोचा था कि मुझे ज़िंदगी फिर से कोई मौका देगी। विवेक बस मेरे तन का

भूख था, पर तूने मेरे मन को, मेरी आत्मा को छू लिया और उसे बेहद खूबसूरती से सावरा है।"

नवीन रुक गया। उसने अर्जुन की ओर देखा आँखों में नमी और अपनापन। "तू जानता है अर्जुन जब मैंने तुझे उस शाम बालकनी से खींचा था, तब मैंने सिर्फ एक दोस्त को नहीं बचाया था मैंने अपना 'सब कुछ' थाम लिया था।"

फिर नवीन ने धीरे से अपनी जेब से एक छोटी सी चेन निकाली एक साधारण सा लॉकेट, लेकिन बहुत पवित्र भाव से भरा हुआ। "मैं नहीं जानता कि दुनिया क्या कहेगी, पर मैं अपने दिल की दुनिया तेरे नाम करना चाहता हूँ। क्या तू मेरी ज़िंदगी का हमसफ़र बनना चाहेगा?"

अर्जुन के कदम थम गए। कुछ पल वो बस नवीन को देखता रहा फिर उसकी आँखों से दो मोती टपक पड़े।

"शायद यही तो ईश्वर की योजना थी, कि मुझे पहले टूटना था। ताकि मैं दोबारा बन सकूं पहले से कही बेहतर। और तू वो शख्स बना जिसने मुझे फिर से जोड़ा।"

अर्जुन ने हाथ बढ़ाया नवीन की हथेली थाम ली। "हाँ नवीन मैं तेरे साथ, तेरे हर सुख-दुख, तेरे हर मौसम में चलना चाहता हूँ।"

दोनों ने एक-दूसरे को हल्के से गले लगाया। ना कोई शारीरिक लालसा, ना कोई घबराहट बस एक निश्छल, पूर्ण, आत्मिक प्रेम। पंछियों की आवाज़ें और हवाओं की सरसराहट इन दोनों की ख़ामोश स्वीकारोक्ति को गवाही दे रही थीं।

11: तिरस्कार के साए

कॉलेज में जैसे किसी ने ज़हर घोल दिया था। जब से कुछ लड़कों को अर्जुन और नवीन की दोस्ती “अलग” लगी थी, तबसे कहानियाँ बनना शुरू हो गई थीं।

“अरे वो वही है ना लड़कों वाला!”

“कहते हैं क्लास में पीछे बैठता है ताकि।”

“और वो नवीन? लगता है दोनों साथ ही रहते हैं हॉस्टल में।”

हँसी, फुसफुसाहट, इशारे अर्जुन के लिए अब हर क्लास एक अखाड़ा बन चुका था। कभी बेंच पर कुछ लिखा होता, कभी किताबों के पन्नों में गंदी पर्चियां।

एक दिन कैंटीन में किसी ने उसके खाने में चुपके से नोट डाल दिया:"मर्द बन, औरतों जैसा रोना मत। यहाँ ऐसे नहीं चलते!"

अर्जुन की आँखें भर आईं लेकिन वो टूटा नहीं। वो जानता था कि अगर वो आज झुक गया, तो कल उसका आत्मसम्मान मारा जाएगा।

शाम को जब उसने ये सब नवीन को बताया, नवीन ने बस एक बात कही: "अगर दुनिया तुझे समझ नहीं सकती, तो तू क्यों खुद को दुनिया को समझाने में जला रहा है?"

इधर घर पर भी माहौल सुलग रहा था। अर्जुन के माता-पिता को किसी रिश्तेदार से खबर मिल चुकी थी। घर पर चुप्पी नहीं थी बल्कि तूफान की आहट थी।

उस रात अर्जुन को उसके पिता ने डाँटा: "क्या यही सिखाया हमने तुझे? क्या इसी दिन के लिए तुझे पढ़ाया, लिखा, बड़ा किया?"

माँ भी चुप न रही: "अर्जुन ये मोह नहीं है, ये रोग है। छोड़ दे उस लड़के का साथ। समाज थू-थू करेगा हम पर।"

पर अर्जुन अब अर्जुन था एक बच्चा नहीं, बल्कि अनुभवों से परिपक्व हुआ युवक। उसने माँ-पापा की ओर देखा।आँखें भरी थीं लेकिन स्वर दृढ़ था: "मैं आपसे नफ़रत नहीं करता पर मैं अपने

सच से मुँह नहीं मोड़ सकता। जो मुझे समझता है, अपनाता है, मैं उसी के साथ रहना चाहता हूँ।"

अर्जुन घर छोड़ देता है। उस रात वो बस एक बैग लिए घर से निकल गया। पीछे मुड़कर नहीं देखा। सिर्फ माँ की आँखें और पिता की चुप्पी उसकी स्मृति में छूट गईं।

वो सीधे नवीन के पास पहुँचा। "अब मैं कहीं और नहीं जाऊँगा। अब मैं वहीं रहूँगा जहाँ मुझे 'मैं' बनने की आज़ादी मिले।"

नवीन ने उसे गले से लगा लिया। दोनों ने एक छोटा सा किराए का कमरा लिया एक घर नहीं, पर 'घर जैसा' ज़रूर।

और दूसरी ओर विवेक हां वही विवेक कभी जो, अर्जुन की ज़िंदगी का एक पवित्र नाम था, अब धीरे-धीरे अंधेरे में खो चुका था।

शुरू-शुरू में तो बस उदासी थी। फिर शराब,

फिर सिगरेट, फिर रात-रात भर क्लबों में घूमना "अब कोई नहीं था उसे संभालने वाला, ना अर्जुन, ना परिवार बस अकेलापन और अँधेरा।"

एक शाम, शहर के एक क्लब से कोलाहल उठा। कोई अनजान युवक रोते हुए बाहर भागा था। भीतर से हंगामे की आवाज़ आई वहीं था विवेक नशे में धुत, और उसकी आँखों में नशे का ज़हर।

उस युवक ने शिकायत दर्ज कराई अनुचित छेड़छाड़, जबरदस्ती, दुष्कर्म।

पुलिस ने विवेक को उसी रात पकड़ लिया। "कभी जिसके नाम पर अर्जुन की आँखें भर आती थीं, अब वही नाम पुलिस थाने में अपराधियों की सूची में दर्ज था।"

अर्जुन को जब पता चला नवीन ने अर्जुन को एक न्यूज़ आर्टिकल दिखाया: "सरकारी कर्मचारी द्वारा रात में युवक के साथ ज़बरदस्ती , अपराधी मौके पर गिरफ़्तार।"

अर्जुन स्तब्ध रह गया। कई मिनटों तक बस स्क्रीन को घूरता रहा फिर धीरे-धीरे उसके हाथ काँपने लगे।

"क्या ये वही विवेक है? जिससे मैंने कभी प्रेम किया था? क्या उसी के साथ मैंने जीवन के सबसे कोमल सपने देखे थे?"

अर्जुन ने किताब बंद की, और खिड़की के पास जाकर लंबी साँस ली। "वो जिस्म का भूखा था, मैं आत्मा का साथी ढूँढ रहा था। वो गिर गया और मैं अब उड़ना चाहता हूँ।"

नवीन ने उसके कंधे पर हाथ रखा: "तू अब उस दौर से बाहर है अर्जुन। तू अब सिर्फ एक कहानी नहीं, एक सचाई की मिसाल है।"

12: न्याय का दिन

चारों ओर ख़ामोशी पसरी थी। कचहरी की दीवारें भी आज भारी लग रही थीं जैसे वो भी इंसान के पतन और पश्चाताप की कहानी सुनने को ठहरी हों।

कटघरे में खड़ा था विवेक, एक समय का अनुशासित, शांत और समझदार युवक आज अपराधों से घिरा, गर्दन झुकाए, आँखे ज़मीन में गड़ी। जज साहब के सामने थे कागज़, गवाही, बयान और आँसू।

सरकारी वकील का स्वर गूंजता है। "माननीय न्यायालय,ये मामला कोई सामान्य कथा नहीं है, यह है प्रेम के नाम पर छल और जबरदस्ती की वीभत्स गाथा। आरोपी ने अपनी उम्र और पद का लाभ उठाकर युवकों के साथ जो किया, वो ना केवल गैरकानूनी है, बल्कि मानवीय मर्यादा के भी विरुद्ध है।"

बूढ़े क़दमों से गीता देवी आगे बढ़ीं। बालों में चांदी झलक रही थी और चेहरे पर वह छाया थी जो केवल माँ के दुःख से आती है।

"मैं उसकी माँ हूँ पर आज इस कटघरे में, मैं उसकी माँ नहीं, एक समाज की नारी बनकर आई हूँ। अगर कोई लड़की, किसी लड़की से प्रेम करे और कोई लड़का, किसी लड़के से तो समाज उन्हें गुनहगार बना देता है। पर मैं पूछती हूँ क्या प्रेम का नाम गुनाह है? अगर हाँ, तो फिर इंसान को चश्मा पहनना भी छोड़ देना चाहिए, क्योंकि वो भी प्रकृति ने नहीं दिया। गुनाह प्रेम नहीं होता बेटा गुनाह वो होता है जो तूने किया जब प्रेम के नाम पर तूने किसी की इच्छा को कुचला उसकी आत्मा को चोट पहुंचाई वो गुनाह था। मैं माँ होकर भी आज तुझे दंड दिलवाना चाहती हूँ। धिक्कार है जो तूने मेरी कोख से जनम लिया।"

कक्ष की दीवारें भी जैसे काँप उठीं।

गीता देवी की बात सुनते ही सबकी आँखें झुक गईं।

जज साहब ने चश्मा उतारकर मेज पर रख दिया। "अदालत यह मानती है कि आरोपी विवेक ने जानबूझकर, बार-बार, नाबालिगों और युवकों के साथ ज़बरदस्ती की, शारीरिक और मानसिक शोषण किया। यह अदालत, आरोपी को भारतीय दंड संहिता की

धारा 377, 354 और 506 के अंतर्गत उम्रकैद की सज़ा सुनाती है।"

"और इस फैसले के माध्यम से समाज को यह भी स्पष्ट करना चाहते है समलैंगिक प्रेम अपराध नहीं है। लेकिन जब वह ज़बरदस्ती में बदल जाए, तो वह अपराध बन जाता है। चाहे संबंध किसी भी लिंग के बीच हो।"

एक रास्ता अर्जुन का था जिसने प्रेम को समझा, जिया, और त्यागा। और एक रास्ता विवेक का था। जिसने प्रेम के नाम पर भूख, स्वार्थ और पाप को पाला। आज विवेक सलाखों के पीछे था और अर्जुन? अर्जुन ने फिर प्रेम को अपने अंदर से उपजाया बिना किसी से छीने, बिना किसी की मर्यादा तोड़े।

प्रेम का रंग कोई भी हो पर यदि उसमें जबरदस्ती है, तो वो प्रेम नहीं, अपराध है।

समय बीत चुका था। कई वर्ष गुज़र गए थे अब अर्जुन और नविन, सिर्फ दो प्रेमी नहीं थे। बल्कि एक उद्देश्य बन चुके थे।

दिल्ली की हलचल से दूर, एक शांत किनारे पर खड़ा था। उनका बनाया हुआ आश्रयगृह "रंग–रूप" जहाँ रंग किसी का मज़ाक नहीं था, बल्कि पहचान थी।

यह सिर्फ एक एन.जी.ओ नहीं था। यह एक परिवार था। उनके लिए जो समाज में "अलग", "ग़लत", या "खतरनाक" कहे जाते थे।

यहाँ रहते थे ट्रांसजेंडर बच्चे, छोटी उम्र में घर से निकाली गई लड़कियाँ, समलैंगिक युवक-युवतियाँ, और वो सभी जो कभी किसी के 'अपने' नहीं रह पाए थे। अर्जुन की आवाज़ गूंजती है।

"हमने भी वो अंधेरा देखा है, जहां अपने ही पराये हो जाते हैं। पर आज, हम वो दीपक बनना चाहते हैं जो किसी और की राह रोशन करे ताकि कोई और 'विवेक' अपराध की ओर न मुड़े, और कोई 'अर्जुन' आत्महत्या की सोच तक न पहुँचे।"

अर्जुन और नविन ने सिर्फ दूसरों की ज़िंदगी संवारी नहीं बल्कि एक-दूसरे की भी दुनिया रच दी। वे अब भी साथ बैठते, साथ खाना बनाते, बच्चों के साथ लूडो खेलते, नई कहानियाँ सुनते और सुनाते।

हर हफ्ते, वे स्कूलों में जाकर

एल.जी.बी.टी.क्यू+ जागरूकता पर कार्यशालाएं करते।पुलिस विभाग से तालमेल बनाकर एल.जी.बी.टी.क्यू+ व्यक्तियों की सुरक्षा और अधिकार की लड़ाई लड़ते। उनकी एन.जी.ओ अब एक प्रेरणा बन चुकी थी पूरे भारत में।

अब अर्जुन को कोई पछतावा नहीं था। उसने प्रेम को त्यागा था, सहा था, सीखा था और अब पाया था।

और नविन उसके जीवन का वह अध्याय बन चुका था जिसकी स्याही कभी सूखती नहीं।

वे दोनों अब, "प्रेम और परिवर्तन" के पर्याय बन चुके थे।

"तिरछे आईने" अब टूट चुके थे और हर किरदार ने अपने भीतर का सच्चा प्रतिबिंब पा लिया था।

www.ingramcontent.com/pod-product-compliance
Lightning Source LLC
LaVergne TN
LVHW060302051026
849517LV00003B/921
* 9 7 9 8 2 3 1 9 6 7 5 1 3 *